L'AMATEUR,

COMÉDIE

EN VERS ET EN UN ACTE.

Par Mr. BARTHE, de l'Académie des Belles-Lettres de Marseille.

Représentée pour la première fois par les Comédiens François Ordinaires du Roi, le 3 Mars 1764.

Decipimur specie. Horace.

Le prix est de 24 sols.

A PARIS,

Chez DUCHESNE, Libraire, rue S. Jacques, au-dessous de la Fontaine S. Benoît, au Temple du Goût.

M. DCC. LXIV.

Approbation & Privilége du Roi.

ACTEURS.

VALERE, *Amateur.*	M. Molé.
DAMON, *ami de Valere.*	M. Grandval.
CONSTANCE, *fille de Damon.*	Mlle. Doligni.
CÉLIANTE.	Mde. Préville.
PASQUIN, *Valet de Valere.*	M. Préville.
PLUSIEURS LAQUAIS.	

La Scene est à Paris, dans une Maison commune à Valere & à Damon.

L'AMATEUR, COMÉDIE.

SCENE PREMIERE.

DAMON, CONSTANCE.

DAMON.

Te voilà triste & bien rêveuse,
Et tu quittois hier le couvent sans douleur!
Tu me parus même joyeuse;
Tu m'embrassois de si bon cœur!

CONSTANCE.

Ah! vous ne m'aimez plus, mon pére.

DAMON.

Moi, je ne t'aime plus!

CONSTANCE.

Je n'en sçaurois douter.

DAMON.

Qui pourroit donc t'inquiéter?
Je t'aime, mon enfant.

CONSTANCE.

N'aviez-vous pas fait faire....

DAMON.

Quoi?

CONSTANCE.

Ma Statue en marbre : oh! pour lors vous m'aimiez,
De mon absence vous disiez
Qu'elle vous consoloit; Eh bien! je l'ai cherchée
Dans toute la maison, & j'ai perdu mes pas.

DAMON.

Que je te serre dans mes bras.
Le reproche me plaît, mais ne sois point fâchée.
(*Il rit.*)

CONSTANCE.

Quoi! vous riez!

DAMON.

Je ris de ton étonnement,
Et plus encor de ma folie.

Tu connois Valere ? Au couvent,
Nous nous entretenions de Valere souvent.

CONSTANCE.

Lorsqu'il partoit pour l'Italie,
Je m'en souviens, je le vis un moment.

DAMON.

On t'embrassoit encor : tu n'étois qu'une enfant.

CONSTANCE.

Mais j'avois bien dix ans.

DAMON.

Et dis-moi, je te prie,
Tu ne te souviens point qu'il te trouva jolie ?

CONSTANCE.

J'ai bien changé depuis.

DAMON.

Assez pour mon dessein.

CONSTANCE, *souriant.*

Je l'ai, je vous l'avoue, apperçu ce matin.

DAMON.

Quoi ! malgré ma défense ! & t'a-t-il apperçue ?

CONSTANCE.

Non.

DAMON.

Tant mieux.

CONSTANCE.

Pourquoi donc? Et quel rapport enfin
Entre Valere & ma Statue?

DAMON.

Laisse, laisse-moi faire: Oh! j'ai quelque raison.

CONSTANCE.

Pourquoi me la cacher? & quel est ce mistere?

DAMON.

J'avois résolu de le taire;
Mais il faut te céder. Eh bien, tu sçauras donc
Qu'il aime tous les Arts; qu'il est fou de Peinture,
D'Architecture, de Sculpture.

CONSTANCE.

Seroit-ce un de ces gens qu'on appelle Amateurs?

DAMON.

Je ne le confonds pas avec la populace
De ces modernes protecteurs,
Qui des talens divers osent marquer la place,
Des Artistes sont les Tuteurs,
Se forment une Cour où leur grave manie
Daigne corriger le génie;
Qui jugent la peinture, & la prose & les vers,

Et qui jugent tout de travers.
Il n'eſt pas, lui, de cette eſpèce:
Il critique ſans air, il loue avec fineſſe;
Sçait manier avec adreſſe,
Le pinceau, le burin; il uſe noblement
Surtout de ſes grandes richeſſes.
Il ſçaura ſecourir un Artiſte indigent,
L'animer, le produire & cacher ſes largeſſes.
Je crois que l'on peut eſtimer
Un Amateur ſi jeune & de ce caractère.

CONSTANCE.

Je crois même qu'on peut l'aimer.

DAMON.

Oüi, l'aimer, c'eſt mieux dit, &, j'aime fort Valére.
Auſſi je lui prépare une bonne leçon.
Il eſt gâté par l'Italie,
Charmant, mais un peu fou; c'eſt une maladie,
Une indiſcrette paſſion,
Dont... tu dois le guérir.

CONSTANCE.

Mais il ne m'a pas vûe.

DAMON.

Et c'eſt bien mon intention
Qu'il ne te ſache pas même dans la maiſon.

De ses gens tu n'es point connue.
Mais il te verra, sans te voir.
Je lui fais vendre ta statue
Pour une Antique. Eh bien! sens-tu tout le pouvoir,
Tout l'effet d'une Antique? Elle aura son suffrage,
Elle passe pour Grecque. Heureusement pour nous,
La mode est pour le Grec; nos meubles, nos bijoux,
Étoffe, coëffure, équipage,
Tout est Grec, excepté nos ames; & d'ailleurs,
Ta Statue a trompé jusqu'à des Connoisseurs.

CONSTANCE.

Cela me réjouit d'avance.
Pour lui je serai donc une Antique? Je pense
Qu'il sera biensurpris. Mais ne craignez-vous pas,
De le blesser, de lui déplaire?
Les hommes, m'a-t'on dit, sont tous si délicats
Sur l'amour-propre! & c'est se mocquer de Valere,
Il ne faut point.

DAMON, *d'un ton ironique.*

Le pauvre enfant!
En effet, je le plains, & j'aime ton scrupule.

(Avec vivacité)

Je te le dis encor, je veux absolument

Le corriger d'un ridicule.
C'est un enthousiaste! Ennuyé de Paris,
Il brûle d'habiter l'Italie; un pays,
Où tout charme, dit-il, mes yeux & mes oreilles,
Où je marche entouré des plus rares merveilles.
Il n'a point de lien qui puisse l'arrêter.
Feu son pére, au retour de ce premier voyage,
Se proposoit de lui faire accepter
Céliante, une veuve, & coquette & volage,
Très-bon parti du reste; il cherche à l'éviter.
Il faut avoir l'honneur de le fixer en France.

CONSTANCE.

Mais avez-vous quelque espérance?
Pour moi, je ne crois point.

DAMON.

Ma fille, il faudra voir.

CONSTANCE.

Mais quelle impression peut faire une statue?

DAMON.

C'est-là ce que je veux sçavoir.
Je l'attends: laisse-moi. Je t'ai bien entendue;
Et nous nous reverrons dans peu.

CONSTANCE.

Mon pére, en vérité, cela passe le jeu.

DAMON, *seul.*

De quoi s'allarme-t-elle? Ah! bon, je vois paraître
Pasquin.

SCENE II.

DAMON, PASQUIN.

PASQUIN.

OH! pour le coup, Monsieur, voilà mon maître
Épris, épris d'une Beauté!

DAMON.

Comment donc! quelle nouveauté!
Valere est amoureux?

PASQUIN.

Oui, Valere lui-même,
Amoureux.... sans rivaux.

DAMON.

Tu m'étonnes. Qui? lui!
Mais depuis quand?

PASQUIN.

D'aujourd'hui.

DAMON.

D'aujourd'hui!

PASQUIN.

C'est une passion subite, mais extrême.

DAMON.

L'objet a donc bien des appas?

PASQUIN.

Une merveille incomparable!

DAMON.

Comment la nomme-t'on?

PASQUIN.

Après avoir hésité.

On ne la nomme pas.

DAMON.

Son nom est un secret? Tu me fais une fable.
Est-elle jeune?

PASQUIN.

Oh! non; mais sa beauté!

DAMON.

Dis-moi du moins sa qualité.

PASQUIN.

Sa qualité! vraiment, c'est ce qui le captive,
Ce qui rend son ardeur & si prompte & si vive.

DAMON.

Lui! par la qualité se laisser éblouir!
Qui l'auroit soupçonné d'une telle faiblesse?
Doit-il bientôt conclure?

PASQUIN.

Il conclut, il se presse,
Il est ardent, il veut jouir.

DAMON.

Mais quelle est-elle enfin ?

PASQUIN.

Monsieur... c'est... une Antique.

DAMON.

Une Antique !

PASQUIN.

Oui, Monsieur, la chose étoit comique,
J'en ris encor ; cela faisoit tableau.
Par je ne sais quel homme il se laisse conduire
Chez l'heureux possesseur de ce rare morceau.
... A peine on vient de l'introduire ;
Tout-à-coup un objet nouveau,
Le frappe, le saisit ; (ce n'est qu'une Statue,)
Toute son ame est dans ses yeux ;
Il se tait, il admire, il est rêveur, joyeux,
Questionne, interrompt, & pour en juger mieux
Change vingt fois de point de vûe.
Oh ! ce Marchand est un nigaud,
Si, dans ce moment même, elle n'est pas vendue
Quatre fois plus qu'elle ne vaut.

DAMON.

Elle lui plaît cette Statue?

PASQUIN, *d'un air important.*

Elle me plaît aussi; car elle n'est pas mal:
Je l'estime un original.

DAMON.

J'en crois Pasquin; Pasquin doit s'y connaître.

PASQUIN.

Ma foi, je m'y connais, autant que lui peut-être;
Mais sans en perdre le sommeil,
Comme lui.

DAMON.

Tout de bon? ton Maître....

PASQUIN.

Vous n'avez rien vû de pareil;
Sans cesse il m'étourdit des beaux-Arts, du génie.
Oh! si je vous contois nos exploits d'Italie?
Au milieu d'une rue il s'arrêtoit souvent,
Pour lorgner, d'un œil immobile,
Une façade, un péristile.
Il n'appercevoit pas tout un peuple ignorant,
Qui le regardoit en riant.

Quelquefois, surveillant utile,
Mes deux bras sans respect l'ont remué, poussé,
Au moment où mon homme, admirateur tranquile,
Sous une voiture incivile
Impitoyablement eût été renversé.
Et dans Herculanum! O l'abîme effroyable!
Il y faisoit un froid du Diable.
J'enrageois. Lui, charmé de ce lieu souterrain,
Tout occupé du beau, tout rempli de l'histoire,
Il oublioit de manger & de boire,
Et s'étonnoit que j'eusse faim.

SCENE III.

DAMON, VALERE, PASQUIN.

VALERE.

A Damon. *A Pasquin.*

UN moment, cher ami; pardon. Comment, coquin!
Oses-tu t'offrir à ma vûe?
Dois-je te retrouver céans?
Je t'ai dit d'appeller deux ou trois de mes gens,
Pour transporter cette Statue.
Faut-il te le redire?

DAMON, *jouant l'étonné.*

Une Statue ?

VALERE.

A moi !

Le prodige de la ſculpture !

A Paſquin.

Va donc, cours, & prends garde à toi,
Prends garde ; ſi je vois la moindre égratignure,
Je te....

PASQUIN.

C'eſt un morceau, ma foi,
Si précieux, de ce fini que j'aime.

VALERE.

Hé ! ne bavarde pas ; je t'attends ici même.

En courant après lui.

Écoute ; reviens vîte au moins,
Ne te hâte point trop, cependant : j'appréhende....
Entends bien, conçois bien que la choſe demande
De bons yeux, du zéle & des ſoins.

PASQUIN.

Oh ! Je le conçois à merveille.
Monſieur, j'ai la tête & l'oreille
Aſſez bonnes ; & puis, la Gréce... le reſpect....

VALERE.

Allons, veux-tu partir ?

Paſquin ſort.

SCENE IV.

DAMON, VALERE.

VALERE.

JE suis comblé de joie.
Félicitez-moi donc.

DAMON.

Il faut que je la voie.

VALERE.

Quoi! mon suffrage est-il suspect?
Et, sur le transport qui m'enflamme,
Craignez-vous d'admirer? Monsieur est circonspect.

DAMON.

C'est donc une bien belle femme?

VALERE.

Belle! vous la verrez.

DAMON.

Tant de morceaux exquis,
Dont votre cabinet...

VALERE.

Le premier de Paris,
J'en conviens, pour le choix: mais ma beauté nouvelle
Fera son plus bel ornement.
Cette beauté fut un modèle!...
Ces Grecs étoient heureux!

DAMON.

Elle est Grecque!

VALERE.

Oui vraiment.
Nous nous y connoissons; je la garantis telle.
Jugez de mon enchantement;

Il embrasse Damon.

Une Antique, mon cher!

DAMON.

C'est votre bonne étoile.
Mais si vous vous trompiez, & si le tems dévoile....

VALERE.

Et le coin de l'antiquité!
Oüi, quoique des ans respecté,
Ce marbre même atteste une vieillesse auguste.
Par intérêt pour moi ne soyez pas injuste.
On ne me trompe point. Le moderne cizeau
Rend-il ce simple, ce vrai beau.

Ce moëlleux des contours, ces attitudes fieres ?
Nos boulingrins & nos bosquets
Sont remplis d'ébauches grossieres,
De vases, de colifichets :
Rien de grand, rien de fort, nul choix dans les effets.
Nous avons des Amours, de petites Laitieres,
Et surtout de jolis corsets.
Nous excellons dans les miseres.

DAMON, *ironiquement.*

Il est vrai, nous vivons dans de malheureux tems.
Pigall peut-il être un grand homme ?
Rien n'est beau, s'il n'a deux mille ans,
Et s'il ne vient ou d'Athène ou de Rome.
Girardon & Puget n'étoient que des enfans.
Votre Statue est Grecque, & du siécle peut-être
De... Le nom de l'Artiste ?

VALERE.

Oh ! je ne le sçais pas,
C'est un morceau si vieux ! mais il est d'un grand Maître :
Il est de Praxitèle, ou bien de Phidias ;
Oüi, oüi... de Phidias.

DAMON.

Je pourrai donc connaître

Du Phidias? parbleu, j'en suis ravi.
Mais d'où vient-il, ce marbre? Il faut être éclairci:
Car sans parler de ce qu'il coute...

VALERE, *impatienté.*

Dans un Château royal, maintenant en oubli,
(Ce marbre étoit enseveli;)
C'est quelqu'un de nos Rois, François premier, sans doute...
Ce Prince aimoit les Arts.

DAMON.

Et les femmes aussi.

VALERE.

Oh! les Arts, les beaux Arts. Doux charmes de la vie,
C'est vous qui faites les heureux;
Vous êtes seuls dignes d'envie,
Trésors des esprits généreux.

DAMON.

L'enthousiasme vous inspire,
Je le respecte & me retire.
Je reviendrai tantôt admirer.

VALERE.

Admirer,
C'est le mot.

DAMON *à part.*

Le voilà dans une erreur profonde,
Jusqu'à présent tout me seconde :
Le charme opére, il faut le laisser opérer.

SCENE V.

VALERE, *seul.*

Il se moque de moi ; mais il ne l'a pas vue ;
Je veux que bientôt ma Statue
Me vange du railleur ; qu'il en soit enchanté.

Après un silence.

Du tems de ma Divinité,
La Gréce avoit peut-être cent mortelles
Aussi belles, presqu'aussi belles ?
Où trouver en Europe une telle beauté ?
A cette heure-même on l'apporte.
Mais une roue, un choc peut faire chanceler,
Mettre en piéces !... Moi-même il y falloit aller,
J'entends du bruit à cette porte :
C'est elle enfin, c'est elle apparemment.

SCENE VI.

VALERE, PASQUIN.

Plusieurs Laquais qui portent la Statue.

VALERE, *courant à eux.*

Là doucement, Messieurs. Avancez. Doucement.
Mes amis, que chacun se tienne sur ses gardes.

Pasquin fait exprès un faux pas & laisse presque tomber la Statue.

Ah! malheureux, tu me poignardes!

PASQUIN.

Je ne suis point blessé; n'ayez aucun effroi.

VALERE.

Maraut, je pense bien à toi!
Je tremble pour elle.

PASQUIN.

Ah! je vous en remercie.

VALERE *à ses gens.*

Sortez, sortez donc.

Pasquin renvoie les autres Laquais d'un coup de main impérieux, comme s'il leur disoit : sortez, ignorans. Il va ensuite se placer vis-à-vis la Statue & l'admire.

Que d'amour
Elle dût inspirer, & que de jalousie!

Appercevant Pasquin qui gesticule.

Encor? que fais-tu là?

PASQUIN.

Mais j'admire à mon tour.
Notre voyage d'Italie
M'a bien formé le goût! elle est, elle est jolie.

D'un ton de connoisseur.

La mollesse des chairs, les formes, le contour.

VALERE.

Paix.

PASQUIN.

Vous voyez pourtant que l'on n'est pas si bête.

VALERE.

Puis-je être seul?

PASQUIN.

Monsieur veut être en tête à tête.

à part.

Je pourrois aller boire ou dormir tout le jour.

SCENE VII.

VALERE *seul.*

Ce drôle me gênoit. Ah! quels sens & quelle ame!
Cela ne voit qu'un marbre, & je vois une femme.
Telle qu'il n'en est plus.

Il considére la Statue de la tête aux pieds.

Quel souris gracieux!
C'est la candeur d'une bergère
Le port de la Reine des Dieux.
Comme la taille est noble, élégante & légère!
Les belles chairs! le sang y paroît circuler!
Et la bouche! elle va parler.
O Sculpteur immortel, à qui je rends hommage,
Que de fois le cizeau dût tomber de ta main!
Surtout en formant ce beau sein,
Oui, tu devois toi-même adorer ton ouvrage.

Après un silence.

Ce marbre me semble animé.
Grecque charmante! ah, si j'avois pû naître
Dans son tems! que sçait-on? Peut être....
Mais combien de rivaux dont le cœur enflammé
M'auroit disputé sa conquête...
Elle ne m'entend point... elle a sans doute aimé,
Car, avec ces appas, le moyen?... Quelle tête!

SCENE VIII.

VALERE, DAMON.

DAMON *à part.*

Quelle tête ! il a bien raison.

VALERE, *se croyant seul.*

On parle d'un Pigmalion
Qui fut l'amant de sa Statue.
C'est une fable, nous dit on.
Oui, pour les esprits froids c'est une fiction ;
Mais moi, je sens combien son ame étoit émue.
Ce n'étoit pas un fou que ce Pigmalion,
Si la sienne égaloit...

DAMON, *éclatant de rire.*

L'éloge que vous faites
Est modéré.

VALERE.

Comment! vous étiez là?
Et vous avez entendu...

DAMON.

Vos fleurettes.
Vous êtes éloquent pour cette beauté-là.

Voilà

Voilà donc le chef-d'œuvre?

VALERE.

Oui, Monsieur, le voilà.
Ai-je tort?

DAMON.

Elle est bien.

VALERE.

Elle est bien! Ah! Barbare!

DAMON.

Est-ce donc, après-tout, une beauté si rare?
Pour vous plaire, faut-il en parler comme vous?

VALERE.

Vous n'aimez pas les Arts, cher Damon, comme nous.
Que n'avez-vous mes yeux pour saisir cet ensemble,
Ces beaux détails? ce bras! ce pied! que vous en semble?

DAMON, *à part.*

Ho! Ho! Seroit-il près de devenir amant?
Ceci passe le jeu, comme disoit Constance.

VALERE.

Il ne regarde pas. Quel flegme! quel silence!

DAMON.

Parlons ſans nous fâcher & ſérieuſement.
Ces beaux Arts, dont votre ame eſt ſans ceſſe occupée,
Devroient au plus vous amuſer.
Ne peut-on vous déſabuſer?
Vous n'avez-là qu'une poupée.

VALERE.

Soit; à vos traits malins je veux bien m'expoſer;
Mais ma poupée au moins ne peut m'être infidelle.
Je ne ſerai jamais contrarié par elle.
On me parle de femme; en ai-je beſoin, moi?
J'ai des mortelles, des Déeſſes,
J'ai des Phrinés & des Lucréces;
Je ſuis Amant, Époux & Roi;
Je ſuis même conſtant pour toutes ces maîtreſſes:
Ce que j'aimois hier, je l'adore aujourd'hui.
Mon goût n'eſt pas de ceux qu'éteint la jouiſſance.
L'eſprit, l'eſprit qui ſent, qui penſe
A des plaiſirs divins & qui ne ſont qu'à lui.

DAMON.

D'accord; mais, mon ami, pourriez-vous méconnoître,
Ces noms, ces liens ſi flatteurs,
Premiers plaiſirs, les ſeuls peut-être,

Chers dans tous les climats, sentis par tous les
cœurs?
Vos plaisirs, de l'esprit douce & vaine imposture,
Valent-ils ces épanchemens,
Ces transports de l'amour que le devoir épure,
Le souris d'une épouse & ceux de ses enfans,
Tous ces délicieux momens,
Qu'aux malheureux humains ménagea la nature?
Quelque-tems avant de mourir
Feu votre pére alloit vous établir.

VALERE *fâché.*

Je le sçais: il avoit de ces goûts-là, mon pére;
Il s'étoit marié.

DAMON.

Mais, Monsieur l'Antiquaire,
Si vous l'étiez vous-même un jour?

VALERE.

L'amour m'a guéri de l'amour.
Aime-t-on aujourd'hui?

DAMON.

Mais vous faites la cour
Je pense, à Céliante?

VALERE.

A cette jeune folle,

Jouant l'étourderie, & la joie & l'humeur !
Même aux yeux du grand monde elle paroît frivole.
Elle sourit aux mots de génie & de cœur;
Va, sur tous les objets semant la parodie;
Juge un homme sur l'air, les graces, le bon ton;
A tout son esprit en jargon,
Et ne peut, sans vapeurs, voir une Tragédie.
Pour qu'il songeât à ce parti,
Qu'avois-je donc fait à mon pére?
On sçait que de ce choix il s'étoit repenti.

DAMON.

Céliante, il est vrai, ne va point à Valere,
Et je la trouve folle aussi.
Mais vous ne vous en devez guére:
Il est tant de façons d'être fou, mon ami.

SCENE IX.

VALERE, DAMON, UN LAQUAIS.

VALERE.

Que veux-tu?

LE LAQUAIS.

Céliante.

VALERE.

O Ciel!

DAMON.

Pour se voir peindre,
Elle arrive fort à propos.

VALERE.

Toujours, toujours du monde & jamais de repos!

DAMON.

Une femme à la mode; & vous osez vous plaindre!

VALERE.

Ce n'est pas moi qu'elle vient voir,
C'est mon Cabinet.

Il est quelque tems rêveur.

DAMON.

Mais; allez la recevoir.

SCENE X.

DAMON, *seul.*

IL me plaît, il m'étonne; & plus je l'envisage,
Plus je vois qu'il n'a point d'égal.
Peut-il être amené de l'amour de l'image
A l'amour de l'original?
N'en désespérons point; c'est ma fille qu'il aime
Dans ce marbre à ses yeux si beau.
Mais il peut se tromper lui-même;

S'il n'aimoit qu'une Grecque, & que l'art du cizeau!
Saisissons ce moment de pénétrer Constance ;
Et voyons si son cœur, ainsi que je le croi,
Avec Valere un jour sera d'intelligence.

Il va du côté opposé à l'appartement de Valere.

Holà ! quelqu'un.

SCENE XI.

DAMON, CONSTANCE.

DAMON.

Hé ! ma fille, c'est toi.

CONSTANCE.

On a fait bien du bruit ; sans doute la Statue
Est dans la maison ?

DAMON, *d'un air triste.*

Oui.

CONSTANCE.

Valere l'a-t'il vûe ?

DAMON.

Oui.

CONSTANCE.

L'a trouvée... Antique ?

DAMON.

Oui.

CONSTANCE.

Vous semblez chagrin,
Mon Pere, Eh quoi! Votre dessein
Ne réussit pas?

DAMON.

Au contraire;
Il a bien réussi.

CONSTANCE.

Valere
Est donc content?

DAMON

Mais, oui; du cizeau, du Sculpteur.

CONSTANCE.

Je vous entends; je n'ai pas le bonheur...
La figure n'a point le bonheur de lui plaire.

DAMON.

Je ne dis pas cela; mais je t'ai peint Valere
Ne voyant que les arts, ivre de sa chimere.
Tu parois triste!

CONSTANCE.

Oh! non, eh! que m'importe à moi
Le succès d'une Antique?

DAMON.

Auſſi de bonne foi,
Je t'ai conté comment la choſe s'eſt paſſée.
Il a loué le marbre & le coſtume ancien.

CONSTANCE.

Il a loué le marbre ? Où l'a-t'il donc placée ?

DAMON.

La voici. Tu ne dis plus rien.

CONSTANCE.

Trouvez-vous qu'elle me reſſemble ?

DAMON.

Parfaitement : les détails & l'enſemble,
Tout cela me paroît aſſez bien.

CONSTANCE.

Aſſez bien,
Si vous voulez ; mais il me ſemble
Que cet air là n'eſt pas le mien.
Je n'ai point ces traits, ce maintien ;
C'eſt mieux que moi, j'en ſuis perſuadée ;
Mais, en un mot, ce n'eſt pas moi.

DAMON, *riant.*

Tant pis, car ſi Valere alloit changer d'idée,

Cela seroit fâcheux.

CONSTANCE.

Pourquoi?

DAMON.

Parce qu'il la trouve charmante.

CONSTANCE.

Lui!.. je n'ai pas besoin que vous me consoliez:

DAMON.

Je le crois; mais enfin tu dois être contente:
J'ai voulu t'intriguer.

CONSTANCE.

Eh! quoi, vous badiniez?

DAMON.

Oui; car il t'aime fort.

CONSTANCE.

Vous me trompez peut-être.

DAMON.

Non; tu pourras bientôt connoître
Qu'il est, qu'il est presque amoureux
De son Antique; il admire, il adore...

CONSTANCE.

à part. *haut.*
Ah!... mais il peut venir, je dois craindre ses yeux,
Et je vais m'éloigner.

Elle fait quelques pas.

DAMON.

Tu peux rester encore.

Céliante avec lui parcourt son cabinet.

CONSTANCE,

revenant avec un air d'inquiétude.

Quoi! Céliante!

DAMON.

Oui; cela te déplaît?

Qu'a de fâcheux cette nouvelle?

CONSTANCE.

Rien. Ne disiez-vous pas, mon pére, qu'il devoit...

L'épouser?

DAMON.

Ta mémoire est bien fidelle.

CONSTANCE.

Mon pére, vous la connoissez:

N'est-elle pas jolie?

DAMON.

Assez;

Et dans Paris on la cite pour belle.

CONSTANCE.

Si je pouvois l'appercevoir!

DAMON.

Tu la crains?

CONSTANCE.

Je ſerois bien aiſe de la voir.

DAMON.

Allons, retire-toi bien vîte;
Ils approchent tous deux.

SCENE XII.

CELIANTE, DAMON, VALERE.

CÉLIANTE.

Bonjour, Damon, j'irrite,
Je déſeſpére votre ami.

DAMON.

Il n'a pas l'air fort réjoui.

CÉLIANTE.

Il eſt excellent votre ami.
De ſon Cabinet magnifique
A peine ai-je vû la moitié.
Pour me montrer je ne ſçais quelle Antique,
Il m'en a fait ſortir. C'eſt un homme noyé,
S'il continue. Avec quelle grave importance,
Il vous montre en détail ſes marbres, ſes tableaux!

Il s'arrête avec complaisance
Sur des chiffons qu'il trouve beaux.
Si vous n'admirez pas les plus petits morceaux,
Il pétille d'impatience.

DAMON.

Ce Cabinet pourtant lui fait honneur.

CÉLIANTE.

Le Cabinet d'un Amateur!
Où je n'ai pû m'asseoir; pas un meuble commode,
Pas un des bijoux à la mode.

VALERE.

Hé! n'avez-vous pas vû les chefs-d'œuvre de l'Art?

Bas à Damon.

Mais elle ne voit point.

CÉLIANTE.

Les chefs-d'œuvre de l'Art!
Dites moi, ces grands mots nous viennent d'Italie.
A son âge, jouer le rôle d'un vieillard!
Depuis... trois jours entiers vous n'êtes nulle part.

DAMON.

Lui, Madame! il passe sa vie
Dans une auguste compagnie.
N'a-t-il pas près de lui des Catons, des Césars?

CÉLIANTE.

Et puis toute la Cour céleste.
Sans doute une Vénus sourit à ses regards
De quelque Diane modeste
N'êtes-vous pas l'Endimion?

VALERE.

Oh! oui, j'ai tout l'Olimpe en ma possession.

DAMON.

Mais il vous manque un Dieu de cette Cour suprême.

VALERE.

Quel Dieu?

DAMON.

Pouvez-vous l'ignorer?
C'est l'Himen.

VALERE, *à Céliante.*

Après avoir lancé un regard de colére sur Damon.

Ah! l'Himen! je le dois honorer.
J'ai sçu que mon pére lui-même
En vouloit orner mon séjour;
Et l'Himen... avec vous... auroit été... l'Amour.

CÉLIANTE.

Vous êtes trop galant: il est vrai votre pére....
Son amitié m'étoit bien chére...

VALERE, *l'interrompant.*

Voici quelque chose de mieux
Que tout mon Cabinet ; voyez : la belle Femme!

CÉLIANTE.

Cela me semble à moi bien vieux.

VALERE.

C'est une Antique, une Grecque, Madame.

CÉLIANTE.

Elle a l'air étranger. Vous aimez ce minois?

VALERE.

Je lui trouve cet air qui plaît d'abord, qui touche.

CÉLIANTE.

C'est être prévenu. La bouche....

VALERE.

Ah! la bouche! lorsque sa voix...

CÉLIANTE.

Vous l'avez entendue?

VALERE.

Heureux qui put l'entendre!

CÉLIANTE.

Les yeux ne disent rien du tout.

VALERE.

Moi, je suis étonné que le marbre ait pû rendre....

CÉLIANTE, *d'un ton railleur.*

A Damon.

Pardon. Nous n'avons pas son goût.
Jugez-nous, Damon, je suis sûre
Que vous êtes de mon avis,
Que vous trouvez cette Figure
Commune, ridicule, & laide en tout pays.

DAMON, *déconcerté.*

La taille... n'est point mal.

CÉLIANTE.

Oui, pas mal. Quant aux graces,
Je n'en vois point les plus légéres traces:
Cela n'en eut jamais.

VALERE.

Des graces, dites-vous?
Des graces! elle en est pétrie.
Ah! c'est peut-être l'Aspasie
Qui sçut charmer Socrate & vit à ses genoux
Le Dieu de la Philosophie.

CÉLIANTE.

Mais l'homme le plus sage eût été des plus fous.

DAMON

à part. *haut en riant.*

Il sera furieux. Elle naquit en Gréce.

CÉLIANTE, *sérieusement.*

Elle fit bien ; car jamais cette espèce
N'eût fait fortune en France.

VALERE.

Avec quelle rigueur...

CÉLIANTE.

Il n'en parleroit pas avec plus de chaleur,
S'il défendoit une maîtresse.
La défendez-vous pour l'honneur
De votre goût & de la Grèce ?
Comme elle tient sa tête ! ah ! Dieu ! quelle roideur !

Elle lui donne un coup d'évantail : Valere se jette entre la Satue & Céliante.

Il est son Chevalier. J'en ris de tout mon cœur.
Ne rougissez-vous point d'un pareil personnage,
De renoncer au monde ? un nouvel équipage,
Des bals, des soupés, des plaisirs,
De l'amour sans fades soupirs,
Et de l'esprit sans étalage,
D'un homme tel que vous, c'est là l'heureux partage,
Je dis plus, le devoir.

VALERE.

Dans vos cercles brillans
Qu'irois-je donc trouver ? L'oubli des grands talens,

L'air du plaisir & non le plaisir même,
Les efforts que l'on fait pour paraître amusé,
Les tristes lieux communs d'un bel esprit usé,
Des sots que l'on caresse & peu de gens qu'on aime.
Chez moi je goûte un calme pur;
Je vis heureux, je vis obscur;
Loin des froides plaisanteries,
Des airs d'un fat titré, des riens, des flateries:
Je suis de vingt siécles divers;
Et, de mon Cabinet, je parcours l'univers.

CÉLIANTE.

Son extravagance est unique.
Adieu, je vais revoir cet Opera-comique
Dont tout Paris déjà répéte les couplets.
Monsieur n'y viendra point, il est à son Antique;
Revenu d'Italie, il doit à ses progrès
D'estimer peu notre musique.
Adieu donc; aimez-la cette Grecque.

Valere oublie de l'accompagner. Damon lui fait signe. Valere l'accompagne en silence & d'un air embarassé. Elle sort avec des éclats de rire forcés.

SCENE XIII.

VALERE, DAMON.

VALERE, *fort ému.*

MOnſieur,
Veut-il encore que j'épouſe ?
Vous avez vû cette fureur jalouſe.
Les femmes !

DAMON.

C'eſt une noirceur.

VALERE,

ſe retournant vers la porte par laquelle Céliante vient de ſortir.

Je ſuis charmé de vous le dire,
Madame, je l'aime, l'admire ;
Elle eſt bien plus belle que vous.

A la Statue.

Tu peux braver ſa haine & ſes propos jaloux.

DAMON.

Vous la conſolez bien.

VALERE.

Oh ! j'abhorre l'envie.

DAMON.

Sa gloire en eſt peut-être à vos yeux affoiblie.
Les traits de Céliante....

VALERE.

Ils me l'ont embellie.
Ce prodige, une eſpece ! une eſpece eſt fort bon.
Je veux l'ôter de ce ſallon.
Je veux, loin des yeux du vulgaire,
Dans mon Cabinet ſolitaire,
Dès aujourd'hui la placer de ma main.
Mais quand j'y ſonge, tout eſt plein.
Je vois cependant une eſpace
Où je puis la placer avantageuſement;
Mais j'ai mis là préciſément
Vénus... ma foi, Vénus lui cédera la place.

DAMON.

Vous ſerez bientôt de retour?

VALERE.

Si vous veniez m'aider & juger de la grace,
De l'effet...

DAMON.

Je veux bien, ce jour eſt un grand jour.

ſeul.

Monſieur le Connaiſſeur verra dans ma famille
Le modéle de Phidias.

Il veut ſuivre Valere, il apperçoit Conſtance.

SCENE XIV.

DAMON, CONSTANCE.

DAMON.

POurquoi donc reparaître ?

CONSTANCE.

Il est sorti.

DAMON.

Ma fille,
Vous écoutiez.

CONSTANCE, *riant.*

Vénus a pour lui moins d'appas ;
Et contre Céliante il m'a bien défendue.

DAMON.

Elle a dit bien du mal.

CONSTANCE.

Lui plairoit-elle moins,
S'il la croyoit moderne ?

DAMON.

Oh ! tu prens trop de soins.

Je ris de ta peur ingénue.
Que t'importe après tout ?

CONSTANCE.

Mon pére, en me voyant,
S'il aimoit mieux une Statue ?

DAMON.

Le choix ne feroit point plaifant.
Crois-moi, l'original vaut au moins la copie.
Mais tu me retiens ; il m'attend,
Hâte-toi de rentrer.

SCENE XV.

CONSTANCE, *feule.*

DEmeurons un inftant,
Rien qu'un inftant.

Elle s'approche de la Statue.

Eft-elle en effet fi jolie ?
Mes yeux la trouvent bien ; mon cœur n'eft pas content.
Il eft-fûr qu'une femme... eft bien plus animée.
Par exemple, fans vanité,
Mes yeux doivent avoir plus de vivacité.
Oh ! l'ame n'eft pas exprimée

Sur un marbre; jamais. Ce marbre cependant
Peut-être est-il heureux de n'être pas sensible :
Car, s'il cessoit un jour de plaire, c'est possible,
Cela ne lui fait rien; & moi, c'est différent.
Il faut sortir... On vient; c'est lui; je suis perdue;
Je ne puis l'éviter.

SCENE XVI.

CONSTANCE, VALERE.

VALERE,

sans voir Constance, & près de la Statue.

Bientôt tout sera prêt.
Pour recevoir ma nouvelle Statue,
On change tout mon Cabinet.
Elle va bien l'orner; c'est le premier objet
Qui d'abord en entrant viendra frapper ma vue.
D'autres rangés plus bas composeront sa Cour.
Je veux que de la tête entière
Elle les passe tous; les premiers feux du jour
L'embelliront d'une douce lumière.

à part. CONSTANCE.

Comme il parle de moi!.. Je ne sçais par où fuir.

VALERE.

Allons... Mais Ciel! Que vois-je? O ſurpriſe! O plaiſir!
Je ne me trompe pas; c'eſt elle, c'eſt bien elle.
De mon Antique, vous, vous êtes le modéle.
Quel prodige! Vous exiſtez!
Je ſuis de votre ſiécle! On me trompoit... reſtez.
Vous détournez les yeux! Dites, daignez me dire...

CONSTANCE.

Monſieur!... Quel embarras! à peine je reſpire.

VALERE.

Quel ſon de voix!.. Comment? vous, dans cette maiſon!
Puis-je demander votre nom?
Et vos heureux parens? Voilà votre Statue;
Elle eſt à moi; mais vous!... parlez; vous l'aviez vue.

CONSTANCE.

Oui; même ce matin je la croyois perdue.

VALERE.

Je l'avois. *Il court vers le Cabinet.*
Ah! Damon; *il revient.*
Le connoiſſez-vous?

CONSTANCE, *souriant.*

Oui.

VALERE.

Il ne m'en parloit pas ! Le cruel ! Est-ce lui ?...
Oh, c'est lui, je vois tout.

CONSTANCE.

Monsieur, pourriez-vous croire ....

VALERE.

Je crois qu'il me trompoit. Il en aura la gloire;
Aurai-je le bonheur de ... de vous plaire ? Non,
Je n'ose l'espérer.

SCENE XVII. & derniere.

Les Acteurs précédens.

DAMON & PASQUIN qui sortent du Cabinet.

VALERE.

CHER ami, cher Damon.

DAMON, *appercevant sa fille.*

Ciel!

PASQUIN.

PASQUIN.

Oh diable, voilà la Statue animée.

VALERE.

Dites-moi, de quel nom doit-elle être nommée ?

DAMON.

Je vous fais compliment. Nouveau Pigmalion,
Vous aurez invoqué l'Amour, Vénus sa mère ;
Vous aurez dit: *fatal amour, cruel vainqueur !*

VALERE.

Ce sont les mêmes traits. Damon, l'heureuse erreur !
Le coupable, c'est vous ?

CONSTANCE.

Je crains votre colère.

DAMON.

Vous m'obéissez joliment,
Mademoiselle.

CONSTANCE.

Il est venu subitement ;
J'allois me retirer.

VALERE.

Comment !
Vous paraissez le craindre !

CONSTANCE.

Oui, Monsieur, c'est mon pére.

VALERE.

Se peut-il ? Votre pére ! O jour ! O doux moment !
Voilà donc de vos tours, Monsieur.

CONSTANCE.

Oui, c'est mon pére
Qui lui seul a voulu....

VALERE *à Damon.*

Vous cachiez tant d'appas !
A Constance.
Il m'a joué. Vous que j'adore,
Jouissez de mon embarras ;
Je n'ose m'applaudir encore :
J'étois si près de vous !

DAMON.

Mais vous n'y pensez pas ;
Ce n'est qu'une Françoise.

VALERE.

Il n'eſt pas tems de rire.
De l'Amour, de l'Himen je redoutois l'empire:
Je ne l'avois pas vue ; elle eut changé mon cœur.
Sans l'Himen, diſiez-vous, il n'eſt point de bonheur,

A Conſtance. *A Damon.*

Les péres ont raiſon ; & je commence à croire
Que le mien ... Vous étiez unis.
Si vous chériſſez ſa mémoire,
Prouvez-le, en adoptant ſon fils.

DAMON.

Ce changement tient du miracle.
Qui ! vous ! Vous parlez d'épouſer !
A des plus grands deſtins pourquoi vous refuſer ?
D'ailleurs, je vois plus d'un obſtacle.

VALERE.

Il s'amuſe de ma douleur.

A Conſtance.

Par l'ami le plus cher me ſerez-vous ravie ?
Cette Statue eut fait le bonheur de ma vie ;
Elle va faire mon malheur.

DAMON.

Allons, je vois qu'il faudra bien se rendre.

Valere est prêt à l'embrasser.

Oui, dans deux ou trois ans...

VALERE, *effrayé.*

Deux ou trois ! Puis-je attendre
Trois siécles ? Songez donc ... Je serai votre gendre :
Vous m'aimez ; on le sçait : dois-je craindre un refus ?

A Constance.

Vos vœux sont-ils pour moi ?... Vous gardez le silence.
Votre timidité m'offense ;
Mais non, c'est un charme de plus.

CONSTANCE.

De votre erreur mon pére a fait un badinage ;
Pour moi, ce n'étoit pas un jeu.
Je ne sçais si j'ai tort de faire cet aveu,
Mais j'ai tremblé pour mon image.

VALERE.

A ce qu'elle inspiroit combien vous ajoutez !

DAMON *en riant.*

Et ton goût pour les Arts, si vif & si fidelle ?

VALERE.

En ce moment, les Arts sont éclipsés par elle.

DAMON.

Qui nous eut dit à tous les trois,
Que ce jour fût celui de votre mariage ?

Bas à Valere.

Dans de certains momens, assez doux à ton âge,
Vous rirez tous deux quelquefois,
Au souvenir de ta folie.

VALERE.

Volontiers ! oh ! souvent. Je suis donc votre fils ?

PASQUIN.

Monsieur, n'allons-nous pas partir pour l'Italie ?

VALERE.

A Pasquin. *A Damon.*

Tais-toi, faquin. Je suis guéri d'une manie....
Et voilà comme il faut corriger ses amis.

FIN.

APPROBATION.

J'Ai lu par ordre de Monseigneur le Vice-Chancelier, *l'Amateur*, *Comédie*, & je crois qu'on peut en permettre l'impression, à Paris ce 16 Mars 1764 MARIN.

Le Privilége & l'Enregistrement se trouvent au nouveau Théâtre François & Italien.

www.ingramcontent.com/pod-product-compliance
Ingram Content Group UK Ltd.
Pitfield, Milton Keynes, MK11 3LW, UK
UKHW020432230726
13925UKWH00004B/1702